Lb. 590.

A TROIS SOUS

LA CHAMBRE

DES DÉPUTES.

CHANSON

DE LA PLUS HAUTE IMPORTANCE,

PAR LE MARQUIS DE CHABANNES.

Je vous annonce sans trompette
A trois sous tous les députés.
Tous ceux qui feront cette emplète
Ne seront pas désapointés ;
Mais si vous la trouvez trop chère,
Pour deux sous tout le ministère
    Dédommagera
    Celui qui voudra ;
Et chacun pour rire à son gré choisira
    Le conseil ou la chaîne.

PARIS,

AU BUREAU DU RÉGÉNÉRATEUR,

Palais-Royal, galerie d'Orléans, n. 17, et passage
du Saumon, n. 27.

—

1831.

3

Air *de la Parisienne.*

Pour trois sous vous saurez l'histoire
De la Chambre des Députés ;
Pour laquelle le provisoire
Eût eu des droits très-mérités ;
Mais qui s'arrogeant la puissance ,
A son gré, de régler la France,
    N'est qu'un avorton
    Qui veut prendre un ton ,
Et que la raison envoie à Charenton
    Se mettre en permanence.   (*bis.*)

Maint député aux jours de gloire
N'avait certes participé ;
A s'emparer de la victoire
On le voit depuis occupé
Et porter même l'impudence
Jusqu'à croire à sa compétence ;
    Mais cet avorton
    Qui veut prendre un ton ,
Doit, de par raison, aller à Charenton
    Se mettre en permanence.   (*bis.*)

Depuis sept mois, quand je contemple
La nullité de ses travaux,
Je n'hésite à donner l'exemple
De l'accuser de nos maux ;
Bravant sa haîne et sa vengeance,
Je proclame à toute la France,
   Que cet avorton
   Qui veut prendre un ton
Doit, de par raison, aller à Charenton
   Se mettre en permanence.   (*bis.*)

Au roi que reste-t-il à faire
Pour réparer autant d'erreurs ?
De renvoyer le ministère,
Eî convoquer les électeurs,
Et par le vouloir de la France
De légitimer sa puissance ;
   Jusqu'à ce moment
   Tout est chancelant
Et plus il surseoit, plus son gouvernement
   Va vers la décadence.   (*bis.*)

Il n'est de voix dans l'origine

Qui certes n'eût été pour lui ;
Mais chaque jour l'amour décline ;
Et la république aujourd'hui,
Malgré la triste expérience,
Pourrait trouver encore en France,
Dans les sentimens
Fougueux et bouillans,
Mais brillans et grands, de tous nos jeunes gens,
Nouvelle effervescence.   (*bis.*)

Loin de craindre un élan sublime,
Sachez plutôt le diriger ;
Vouloir l'arrêter est un crime,
Frémissez avant d'y songer.
De toute la nature humaine
En voulant rétablir la chaîne,
Dans son vain effort,
Trouverait la mort
Tout audacieux qui, d'un juste transport,
Eût provoqué la haîne.   (*bis.*)

Philippe présente à la France
Le seul pivot, le seul salut ;

Nous réunir sous sa puissance
Doit être de chacun le but.
Ouvrant les yeux à la lumière,
Renvoyant ce plat ministère,
   Tout bon citoyen,
   Soit juif ou chrétien,
En lui ne verra que son meilleur soutien,
   Son monarque, son père.   (*bis.*)

A qui voudrait la république,
Il offre un parfait président;
Il présente au vœu monarchique
Le prince le plus indulgent.
Qu'avons-nous donc de mieux à faire
Que de marcher sous sa bannière?
   Roi de notre choix,
   Régnant par les lois,
De chacun de nous respectant tous les droits,
   C'est un dieu tutélaire.   (*bis.*)

Cette chanson est au fond le la plus haute impor-
tance, indiquant à la fois le mal et le remède. En effet, elle présenté dans ce petit nombre de couplets la
source du chaos dans lequel nous nous trouvons, et le
seul chemin de s'en arracher. Pour porter la conviction dans tous les esprits, résumons sans partialité et
sans esprit de parti les hommes et les choses tels
qu'ils sont.

LA RÉVOLUTION.

Elle fut légitime, ayant été provoquée. Elle eût dû
devenir le modèle de la régénération civile de toutes
les nations; elle peut le devenir encore. Elle eût été
notre gloire; elle eût fait notre bonheur, si nous eus-
sions pris le droit chemin. L'esprit de parti, les passions, les intérêts divers nous en ont écartés. La raison, l'intérêt général et l'amour de la patrie doivent
nous porter également tous à y rentrer. Je vais, en peu
de traits, en tracer la ligne droite.

LE GOUVERNEMENT PROVISOIRE.

Pour prévenir l'anarchie qui fut dérivée de l'ab-
sence d'un gouvernement, des citoyens en prirent les
rênes. Ce ne fut en aucun d'eux l'ambition personnelle; en appelant le duc d'Orléans et les lui remet-
tant, ils en ont fourni la preuve la plus incontestable,

et dès-lors mérité l'estime et la reconnaissance de tous leurs concitoyens.

LE ROI

Dans sa personne nous présente la bonté, le désir du bien, la cordialité ; dans le cours de sa carrière, l'école du malheur, la connaissance des hommes, la vue des besoins du peuple ; dans sa vie privée le modèle des époux et des pères. Roi de notre choix, il réunit tous les titres à notre prédilection. Si quelques oublis ont eu lieu dans le commencement, je ne le dissimulerai pas, ce fut l'entraînement des premiers momens, le brouhaha des circonstances ; si quelques travers avaient apparu depuis, des hésitations, des vacillations, parfois même un peu de faiblesse, les causes en furent dans l'accumulation de tant d'objets à la fois, et dans les vues étroites des mauvais conseils auxquels Philippe parut avoir placé sa confiance, peut-être même dans leurs intérêts particuliers. J'appelle ici le discernement de l'impartialité sur une simple réflexion. Un ambitieux, prince ou autre, qui conçoit une révolution, la prépare, la fomente, a formé son plan d'avance pour lui imprimer sa direction ; mais appelé tout-à-coup, par des événemens imprévus, au trône de France, placé à la tête d'un gouvernement constitutionnel, le duc d'Orléans ne put avoir adopté aucun plan, et ne dut même suivre que les impulsions qui lui furent données. Toutes les fautes quelconques que l'esprit de parti, les préventions et la malveillance voudraient chercher à lui attribuer, ne sont donc évidemment que celles des conseils dont il fut environné.

LA REINE.

Comme épouse et mère, affable, compatissante, charitable; qui ne la nommera le modèle de toutes les vertus?

LES PRINCES LEURS FILS.

Élevés parmi nous, avec nos enfans, comme nos enfans, n'ont-ils pas tous les titres à nos affections et à nos espérances? Ces premières vérités posées, vérités que les esprits les plus prévenus et les plus égarés ne sauraient dénier, doivent porter à chacun la conviction, ainsi que je l'ai déjà dit, que le Roi de notre choix réunit tous les titres à notre prédilection.

LE SYSTÈME DES DOCTRINAIRES.

Voilà ce qui nous a perdus. Il consista d'abord à dire : *Ote-toi de là que je m'y mette ;* ensuite au partage d'Arlequin et de Scapin, *un pour moi, un pour toi, un pour moi ;* en définitif, *ce qui est bon à prendre est bon à garder.* — Or, que nous importe la dignité du trône ? — Déconsidérons-le et emparons-nous de l'autorité même. — Que nous fait l'honneur de la France ni la prépondérance à l'étranger, pourvu que l'Europe nous laisse tranquillement nous goberger ? Quel intérêt a pour nous l'espèce humaine entière ? L'erreur l'a conduite avant nous ; eh bien ! l'erreur continuera à la régir, après mangeons, buvons, jouissons et chantons

   « Nous n'avons qu'un temps à vivre,
   » Ami passons-le gaiement,
   » Et de tout ce qui peut s'ensuivre
   » N'ayons jamais aucun tourment. »

Au résumé, là consiste les limites de leur conception et se trouve l'arrière-pensée de tout leur système.

LES CONSEILS FAVORIS ET LES MINISTÈRES, AUTREMENT DIT LES DUPIN, LES GUIZOT, LES LAFFITTE, LES PERRIER, ETC.

Plaisons-nous à croire à la pureté de leurs intentions, et même à leur rendre publiquement cette justice ; mais il n'en est pas moins de toute vérité que leur vue s'est bornée à chercher, à consolider le gouvernement sur les doctrinaires (autrement dit les centres), centres que sous Louis XVIII la gaieté, discernement ou la calomnie qualifia de l'illustre dénomination *des ventrus*.

Examinons un instant leurs titres. Sur quels pouvoirs cette chambre fut-elle fondée ? Sur des mandats de la France ou sur les caprices du ministère et de MM. les députés. Mais peut - on concevoir comment il a pu se trouver des ministres assez ineptes et assez dénués de tous principes de législation pour ne pas sentir que, dans l'origine, toutes les mesures prises provisoirement, étant commandées par la nécessité, étaient honorables, droites, justifiées sous tous les rapports ; mais en même-temps que la sagesse, la solidité, la durabilité demandaient de restreindre ces mesures provisoires à des bases fondamentales, et aux précautions indispensables à maintenir la tranquillité et à la sûreté publique ; que là devait s'arrêter l'usurpation momentanée des droits de la nation par la chambre, et que l'honneur de MM. les députés, leurs devoirs envers leurs commettans leur commandaient de se *déconstituer* eux-mêmes et d'aller requérir des pouvoirs *ad hoc* avant de s'ériger en souverains arbitres de nos futures destinées.

MM. Dupin, Guizot, Laffitte, Perrier, les centres ont pensé le contraire ; j'obéis à leur loi ; je recommanderai à tout bon citoyen d'y obéir ; mais, en ne les envisageant que comme provisoires jusqu'à ce que, ainsi que je l'ai déjà dit ailleurs, une nouvelle chambre des députés les ait rectifié ou sanctionné ; en même-temps je n'en regarderai pas moins la marche que les trois ministères ont suivie, et que les centres ont adoptée comme le comble de l'ineptie et de l'absurdité.

Si j'ai qualifié d'inepte et d'absurde la marche des conseils de la couronne à l'égard de l'intérieur, trouverai-je dans la langue française des expressions pour rendre, dans les couleurs qu'elle mérite, celle honteuse, humiliante, dégradante que le cabinet français a suivie dans nos relations étrangères ? Peut-il en être une plus coupable envers le trône, la France et la race humaine entière ? En effet, nous vivons à une époque où les lumières de la philosophie et de la raison ont acquis une supériorité dont elles n'avaient point approché dans les siècles passés. Notre première révolution avait parcouru toutes les phases que les passions et les intérêts divers lui ont fait éprouver ; notre dernière révolution venait de faire éclater parmi le peuple un courage, un sang-froid, une retenue, une magnanimité dont nulle nation n'avait encore donné aucun exemple ; notre jeunesse venait de surpasser en vigueur, en prudence, en élévation de sentimens, en développement des plus hautes qualités et en vues patriotiques et philosophiques, les époques de l'histoire les plus brillantes qu'aucune génération nouvelle ait jamais annoncé. L'élan était magnifique au-dedans, admiré de tous les peuples, redouté de tous les gouvernemens. La France pouvait et devait être l'arbitre de l'Europe. Grand Dieu! quel plus funeste bandeau a tout-à-coup couvert les yeux des conseils de la couronne? quelle pusillanimité est venue s'emparer d'eux? Accroché à la remorque du cabinet Saint-James, dupe de son astuce et de son machiavélisme, jouet de toutes les puissances de l'Europe, tel fut, tel est encore le ministère français. Mais hélas! sept mois se sont écoulés, et, en politique, le temps perdu ne se retrouve plus. Tout ce qui était sage alors serait imprudent aujourd'hui; tout ce qui était facile est devenu presqu'impossible; tout est changé de face sur le continent de l'Europe. Les peuples se sont réfroidis; les souverains se sont rassurés; la politique de tous les cabinets ne s'est que trop réalisée; *elle a laissé le volcan s'éteindre dans son propre cratère;* et le manque de direction, la faiblesse du gouvernement, l'esprit de parti, les galimathias de nos journaux, nous ont plongés dans le chaos et ont préparé et attiré sur nous l'humiliation qui est venue fondre sur nous. Les Autrichiens marchent en Italie ; les Polonais se défendent avec le courage et l'énergie que donne une aussi juste cause ; mais finiront trop probablement par être écrasés ; la Belgique est à la veille de succomber, et tandis que nous abandonnions ainsi les peuples qui ne demandaient qu'à suivre notre exemple et à recouvrer leurs droits et leur liberté, nous avions la lâcheté de ne pas les secourir sous M. Laffitte ; sous les Perrier nous portons l'impudeur jusqu'à nous vanter d'une politique aussi ignominieuse. La juste indignation des Mauguin, des Lamarque, des Lafayette fût étouffée par le nombre, et tous leurs efforts ont été déjoués.

M. DE LAFAYETTE ET LE PARTI QU'ON DÉNOMME FAUSSEMENT LES RÉPUBLICAINS.

Je dis faussement, parce que M. de Lafayette, qui en serait le chef, a trop publiquement déclaré ses opinions pour qu'elles puissent n'avoir pas été réelles. Il veut des *institutions libérales*, mais *non une république*. Il a jugé et reconnu que vu le passé ; vu les préventions qu'un funeste essai en a laissé ; vu le caractère français ; vu l'opposition de toute l'Europe entière que nous aurions à rencontrer ; ce serait entraîner la France dans un gouffre de calamités, dans un dédale de difficultés impossibles à surmonter. Je serais par caractère, autant et plus peut-être que M. de Lafayette même, porté pour des institutions républicaines, car, qui plus que moi a éprouvé l'ingratitude des rois, et doit avoir horreur des abus du pouvoir qui me poursuivent plus que jamais en ce moment? mais ce ne sont pas ses propres impressions que l'homme sensé doit suivre; ce sont les inconvéniens qu'il faut prévoir; ce sont les difficultés qu'il faut considérer; c'est, en un mot, la raison qu'il faut écouter.

Il me reste à peindre sans déguisement l'état présent de la position du Roi et de l'esprit public.

Les doctrinaires sont parvenus à faire croire au Roi que s'il s'entourait des chefs du parti libéral, il se livrerait dans les mains de ses ennemis, et, en exposant Philippe premier à voir journellement l'opinion publique se réfroidir à son égard, ils l'entraînent dans la même route où s'égara Charles X. Le trône ne peut avoir de force ni de sûreté qu'en se mettant à la tête des opinions du jour, qu'il faut diriger vers le bien, mais qu'il est chimérique de se flatter de comprimer ni d'arrêter.

Si le Roi n'ouvre les yeux sur le précipice vers lequel les doctrinaires le conduisent, les électeurs les lui ouvriront; puisse-t-il ne pas attendre ce moment!

Mais plus il différera, plus le mal empirera, plus

les difficultés accroîtront dans l'intérieur, plus des calamités de toutes espèces viendront fondre sur lui, sur sa famille et sur nous! O malheureux Roi! ô plus malheureuse France!!

———

Sous le prétexte de ces deux chansons, j'ai cherché à attirer la curiosité pour répandre des vérités utiles. Puisse ce stratagême produire l'effet que j'en espère, celui de les faire lire! Je n'ai pu sous un tel prétexte et vu le temps les étendre davantage; je vais le faire dans les douze livraisons qui me restent à publier, et dont dès demain je vais m'occuper.—La rapidité avec laquelle ma plume vient de courir en traçant cet exposé, plaidera d'excuse pour les imperfections de la rédaction et du style. Mais quand à mes opinions, je ne réclame l'indulgence de qui que ce soit. Je suis certain qu'elles sont les vraies, qu'elles sont les bonnes; elles ne sont empreintes d'aucun préjugé de la terre, ni influencées par aucune impression personnelle, encore moins par l'esprit de parti : je n'ai de rapport avec qui que ce soit; ne parle qu'avec ma conscience, ne redoute rien et ne fléchit le genou que devant Dieu.

Lorsque je prêche la nécessité de nous rallier sous la branche d'Orléans, c'est que tout me démontre que

c'est notre meilleure et peut-être notre seule planche
de salut; et ma sincérité doit être d'autant moins mise
en doute, que personne plus que moi n'a peut-être
plus à se plaindre en ce moment de l'oubli et de
l'ingratitude de Louis-Philippe Ier.

Tous les écrits que j'ai publiés depuis le 7 août consistent en vingt-trois ou vingt-quatre, avec une lithographie.

Six autres, sous prétexte de chansons, renferment d'utiles et profondes réflexions.

Ces colporteurs ont tous ceux que la police ne peut trouver de prétexte pour arrêter. Ceux qu'elle a eu l'impudeur de saisir, ou dont elle retarde la circulation par le refus des commissaires de mettre leur visa, au mépris des lois et sous l'arbitraire le plus révoltant, se vendent publiquement aux deux bureaux du *Régénérateur*, en dépit de la police et de tous ses alguazils.

Le *Régénérateur* est le titre d'un ouvrage religieux, moral, historique, et philosophique, et non pas un journal; il ne fut délivré par livraisons dans l'origine, que pour en multiplier plus facilement la lecture.

La souscription pour 50 livraisons est de 12 fr. 38 ont paru. Les personnes qui ne voudraient souscrire que pour les 12 qui restent à publier, et qui vont l'être successivement, en ont la facilité pour 4 francs.

IMPR. DE BELLEMAIN, RUE SAINT-DENIS, N° 268.

www.ingramcontent.com/pod-product-compliance
Lightning Source LLC
LaVergne TN
LVHW021915180726
843502LV00008B/3091